Routes que rien n'efface

ISBN 978-2-917081-15-0

FOLIUM
collection

Danièle CORRE

Routes que rien n'efface

ÉDITIONS ASPECT

Voici les vers de Richard sous la protection desquels aimerait se placer mon recueil :

Voie où s'invente le prochain visage des hommes
dont nous ne prévoyons pas quel parvis
il reconnaîtra ni sur quel modeste chemin
il se penchera, visage aimé déjà,
même pour rien, pour vivre, simplement,
dans l'aujourd'hui qui flotte autour de nous.

Richard Rognet,
Élégies pour le temps de vivre.

Pièces de soi

Pièces de soi éparses,
saisies à peine,
qu'un mur parfois
arrête.

On revient
bien tard.

La nuit se couche
sur la rue
dans les pétales
des fleurs de pommiers

où s'est éteinte
la mitraille
qui, autrefois,
hissait du sommeil

les visages hagards
que l'Histoire
avait surpris.

Sous l'avion,
mosaïque des prés
qu'avalent les nuages
de mousse crémeuse,
comme en ce jour lointain
des premières faims, du premier envol.

Traversée de strates,
descente jusque dans les bras
des éoliennes
qui ont jeté leur mémoire
au vent.

Carrés tracés, maisons rangées.
Est-ce bien cela, la terre
attendue ?

Toujours des barrières
empêchaient l'approche.

Les marches de planches
où l'on grimpait
pour mieux voir

ont laissé des échardes,
des no man's lands
dans les regards.

Dans un temps où
la parole était close,
j'ai laissé des phrases à finir
dressées contre les portes,

puis une langue étrangère
qui s'était déchirée
aux barbelés,

dont les syllabes tintent
sur mon corps
aux contrôles douaniers.

Sur le tapis roulant
des vérifications,
j'ai laissé canif et ciseaux,

et le paquet des larmes,
objets prohibés.

La lettre est de plomb
ou de marbre
dans le livre conservé
sous des bandes de silences,

bandes d'escrocs, voleurs
de vie, de temps, d'espace
taillé à la démesure
des rêves vomis dans les taillis.

La terre en fusion
refuse, recrache
les cris dont se
comblent ses cratères.

La lettre brûle
la peau marquée
au fer.

Tous les cris sont en place
figés dans l'air.

Ne bouge pas.
Retiens ton souffle.

L'édifice pourrait
prendre feu
comme torche de papier de riz,

sans laisser de carcasses métalliques
ni cette poussière d'ossements
qui ronge l'horizon,

comme torche de papier de riz,
laissé au vent sur le fleuve,
dans la déchirure incendiée de ses bras.

La terre garde
la raison et le doute.

Ce soir,
la durée s'est cassée
comme une assiette.

Je cherche dans les tiroirs,
ne trouve qu'heures pressantes,
halètements de course,

rien pour recomposer
l'espace des étés d'enfance
où le soleil sur le jardin
mûrissait des joies drues.

Aucune main ne rassemble
ne répare l'heure
tailladée d'instants.

J'attends que la nuit
jette le filet des voix
où fut tant de fois bercée
l'angoisse carnassière.

N'avoir que le souci du pas
qui vous emporte
loin dans l'oubli
des trésors pillés.

Chercher des yeux
le vol des abeilles
sur les fleurs qu'on ne coupe
pas, qui s'obstinent
à s'épanouir aux balcons
– volets fermés et lits froids –.

Broyer dans le bruit
des tondeuses les silences, les cris
de l'autrefois
– ne garder que les rires en butin –.

Ecouter quand se lève
la brume dans la vallée
la sourde querelle
de la corde à linge
et du linge qu'on cache.

Le paysage
comme un cadeau

qui court le long des voies
avec ses colliers de vignes, ses perles de lavande, ses cyprès
derniers signaux du sud au train que le nord emporte
dans ses fumées, ses regrets, ses refus.

Déjà s'éloignent les voix chantantes,
l'horizon tousse, la parole s'emmitoufle.
Il faudra suspendre des lanternes aux portes.

Les mots connaissent
des temps de pluie légère

qui ne colle pas
aux tempes
leur bruine
poisseuse,

n'étouffe pas
les sons mais lave les suies
à petits coups de langue.

Les joies s'ensablaient
sans qu'on le sache.

Les cris attendaient
pour bondir
que le cœur
de la maison brûle

comme le souvenir
racorni qui témoigne
de l'intense traversée.

Dis-moi ce qui en toi renonce
quand tu t'engourdis près du feu
où les flammes s'absentent,
receleur d'une mémoire
fermée à double tour.

La griffe de la montagne
s'est rétractée.

Le jour fait patte de velours
sous un sourire
venu de la fête des sources.

Dans son manchon de neige,
léger et soyeux,
le souvenir se porte
entre les arbres, entre les êtres,

distille sa poussière lumineuse
sur le monde épars.

La neige t'a dit
que le printemps serait beau.

Le soleil accroché aux branches
gardera réserve de lumière
pour chaque nouveau pas.

Les souvenirs auront gagné
quelque trame d'oubli

suspendus dans l'air
comme parapentes
aux toiles de couleurs.

Les enfants sages
ont fui par les prairies.

Il ne reste dans l'enclos
que cœurs rétifs
se cognant à d'absurdes écrans,
à des désirs en boîtes,

innocents et complices,
sourds au chant profond
qui les irrigue

dans le désert de sons
vrillés à leurs oreilles.

Qui viendra s'affirmer
là, dans la foule grandie
des marées médiatiques

où le jeu des micros,
en futile flottaison,
a raison

du silencieux chemin
que les mots ont foré
en veine souterraine.

Ce qui a conduit là

La nuit d'hiver
tombe tôt
sur les petites gares
où l'on fuit
par la première issue.

Les arbres noirs
avec leurs branches
agrippent les dernières
paroles, celles qui font

trembler au fond de
la mémoire quand le silence
retient son souffle.

Les talus dont l'hiver
a racorni branchettes et feuilles
gardent les coques des rires
qui carillonnaient
sur les sentiers d'audace.

Ils craquent sous les pas
des promeneurs du jour
qui se demandent d'où vient
cette brusque douceur
montée aux yeux.

Étole des prairies
sur la terre en attente,

filaments de nuages
glissant près des rails,

silos, maisons,
café de la gare aux
rouges enseignes,

le passé s'endort
au quai d'arrivée.

Des voix pulvérisées
se rassemblent
et leurs destins
se heurtent.

Qui suivre
dans l'instant
de leur appel
si toutes réclament
juste oraison
juste regard ?

si le tocsin
de leur attente
me fige aux portes ?

si je ne peux
entendre
crisser mes pas ?

Tout sera
de ce qui fut dit.

Nul n'attendra
en haut des marches
dans les voiles de deuil
des heures perdues.

Nul n'oubliera
les mots du seuil
vers le domaine
des vieilles récompenses.

Nous établirons les cartes
des routes que rien n'efface.

Soleil modelé
par des mains d'enfants
qui s'élève,
soutenu de sourires,
que la transparence
évide, irise.

Légèreté du monde
dans les yeux qu'aucune peine
n'afflige, n'encage,
ne lie.

Terre et ciel donnés
en cet instant.

Une petite phrase claire
a pris le chemin des sources
traçant sa fraîcheur
parmi les herbes.

À la halte du sens
elle s'interroge
puis reprend son mystère.

Parfois paraissent
des êtres qui ne ressemblent pas
à ce que l'on avait construit d'eux.

Le temps gomme
l'édifice en nous,
l'ossature qui nous avait grandis.

Sans cesse il faut rebâtir.

La vie bourdonne
dans les lavandes.

Nous sommes allés au-delà
des senteurs qui enivraient
l'enfance aux yeux clos,

saisis
par mille miracles,

imprudemment épris
de la poussière
qui scintille sur les chemins.

« À demain » disent-ils,
certains que demain viendra
avec les lumières et les chants d'oiseaux,
qu'aujourd'hui déjà dissipe,

avec les mêmes pas sur les graviers
qui creusent l'attente.

« À demain » dirons-nous
pour n'être pas séparés,
pour repousser l'entaille
du burin, de la pointe à graver
qui frappe au cœur.

Être à l'effilochée
dans des bouts de sommeil
et des morceaux d'histoire
où rien n'est à reprendre,

dire cependant
ce qui a conduit là
tout couturé d'écorchures,

mains agrippées
à des falaises de silence,
yeux grands ouverts

sur le vide
qui investit tout
espace de fierté.

Les murs ont pris
cette teinte de soleil
qui fuit les cœurs
en ce lieu,

cœurs découronnés
depuis l'enfance
dont le sort déroba
l'insouciance
mise au fer.

On rénove l'école,
on efface les traces
de ceux qui ne purent rien
apprendre ni attendre,

enfants dont le corps
ou l'esprit diffère
et que l'on parque
au mieux.

Écoute-moi,
les vagues de la lune
m'ont poussée
hors du sommeil
à guetter je ne sais quoi,
à la hune de quel navire
fendant les flots
d'une antique mémoire,

écoute-moi,
dans peu d'instants
je reviendrai
sur les chemins de halage
du jour présent
mêler mes mains
à tes gestes confiants,

toi qui dresses des pans de lumière
entre la grisaille ancienne
et le contour des corps.

Un peu de lait
en offrande
pour les matins neufs
quand d'un geste
on arrête
les ombres
qui rôdent encore
en quête de notre pouvoir
de résurrection.

Refus des pas
dans les nôtres.
Accueil des pages
blanches, frémissantes
d'ardente patience.
Nous avons assez attendu
l'aube.

Des vœux dans les fontaines

Pourquoi cette foule
aux créneaux de ton cœur
parce qu'un inconnu
dans la rue est passé ?

Une silhouette,
un mouvement d'épaule,
et les verticales s'inclinent
et le sol bondit
dans un grand bruit
de commencement du monde.

Du très profond terreau
où j'ai pris source,
je rapporte gué de rivière

et syllabes où marcher
sans crainte excessive.

S'il blêmit dans le jour,
il me faut escorte de visages
pour assurer mon pas,

ou je rameute à grands bruits
les silences sous le cèdre

des femmes paisibles,
mains posées
sur le pacte des dentelles.

Où êtes-vous, femmes
des acceptations,

qui m'offrent nuits rebelles
et quête avide
du sens ?

Femme de basalte
sous la peau douce et tendre,
tu es le feu et la faim,
l'élan qui bondit
hors des cavernes profondes,

la pierre fraîche aussi
où poser la main
quand tout vacille,
quand la fièvre d'être
gifle la vague des heures
qu'elle pulvérise.

Tu t'avances dans ta sombre robe
où s'agrippent les fruits,
les mille petits soleils
que tu as forcés
à naître,
cachant d'un geste vif
la sanglante doublure.

Femme qu'un cri
d'enfant abat
comme tronc sans racines
mais qui déjà sauve la sève, panse et greffe,
les yeux sur l'horizon que brouille
le tournoiement des feuilles sous le vent.

Un mot peut vous jeter
hors du nid de l'instant

sur des sentiers désolés
que vous aviez fuis.

Vous êtes brusquement
loin, perdu, abandonné,

sans pouvoir faire un geste vers
quiconque.

Pourtant, rappelez-vous,
il y a si peu de temps,

vous fleurissiez le jour
de mille phrases joyeuses.

Femme à la fenêtre
qui as cessé d'attendre,
tu tailles à grands coups de ciseaux
les voiles légers des maternités
qui s'empèsent,
les ligatures des heures,
les pansements de la prudence.

Sous les voûtes de tissu,
tu tailles
la route où tu t'échappes
vers des rives neuves
ou celles qu'un geste
avait promis
en langue tacite
sur la terre première.

Les mots parfois
se frottent à la douceur de vivre,
ronronnent comme les chats,

courent, bondissent, jouent,
s'attardent aux fenêtres,
glissent dans les escaliers,

étourdis, grisés
par l'air, le soleil, les voix
qui chantent
une musique inédite
et font fermer les yeux

sur les continents engloutis,
sur les impasses en haut des marches.

Nous irons boire encore
au désir de vivre,
même si l'eau est parfois
amère,
et opaque le brouillard
qui monte des chemins.

Nous jetterons encore
des vœux dans les fontaines,
pariant sur l'insensé, l'insurgé,
l'imprévisible,
l'orpailleur qui rapporte
des excès du monde
les éclats de la joie.

Femme de coquille ouverte
et de craquelures,
tu marches
sur des terres de plein vent,
loin de la paille des nids,

avec au cœur
la fleur arrachée
rouge aux talus des haltes

où se fomentent
les combats où tu t'es meurtrie.

Le monde parfois
se rétrécit,
l'épopée tourne court,

nos soifs cherchent l'ombre,
l'oasis, l'abri où calmer
notre course haletante,

où retrouver le sens
de l 'élan.

Tu refuses mes mots
qui viennent
comme chien joueur
te lécher les mains.

Tu restes debout
dans ton manteau de présent
qui pèse à tes épaules

sans voir autour de toi
la volée d'oiseaux, nébuleuse
d'instants pépiant.

Il est temps de dire
assez, je ne reçois plus
vos peines, vos deuils,
le poids de vos histoires
qui me rompent le cou.

Dans la rue, sur les trottoirs,
je sème vos larmes
en allant chercher le lait, le pain
et les mots de survivance
dont j'ai faim.

Sous la soie des sourires,
il est des déchirements
qui n'en finissent pas
de creuser des abîmes.

Nul ne sait
l'incessant ravaudage
des pièces de couleurs
qui font bonne figure
au passant qui fredonne
en effleurant les gouffres.

Pêcheur d'espace,
quel mot surgira
de la nuit trop noire

pour rapporter,
dans l'étroite chambre,
le filet sonore
des constellations

qui berça l'enfance
insoucieuse
au-dessus des gouffres ?

Tu m'écris,
mille étoiles tombent
de l'enveloppe.

C'est la beauté du monde
que je déplie
sur ce trottoir où je marche
en te lisant.

Y glissent des collines,
des forêts, des jardins.
L'oiseau, étourdi, étonné,
cherche la branche
où tu l'as laissé
et la trouve.

De périls et de pollens

Ivre de vie,
tu vas

dans le soleil dorant les champs,
dans le grand bruit d'eau
des arbres sous le vent,

dans l'oubli provisoire des longues
et profondes griffures
des herses sur ta peau.

Des rires inattendus
dévalent les collines.

La caresse rassemble
les morceaux de soi
hachés menus,

pailles au vent
laissées éparses.

Qui sait
vivre dans le plein
de son corps,

dans son poids d'être
au monde où la joie
panse les douleurs ?

Tu reviens à la maison
soulever le présent
que je porte à pleins bras
comme des draps frais
séchés au vent.

Je lave pour toi les longues
coulées de sang qui nous laissent
à vif, te berce de blancheur
en écoutant
bruire au loin
les anciennes sources.

L'air est lourd
des senteurs de mirabelles
que le vent pousse
à bout de parenthèses vers
ce versant de l'été
déjà roux de souvenirs.

Viendras-tu me chercher
à l'ombre des mots
où grandissent les histoires,
bras écartés
pour repousser les jours ?

Sauras-tu que je t'attends
dans chaque phrase dite,
dans chaque phrase tue,
avec les mille éclats cachés
de ton sourire ?

À la table du jardin,
deux verres sont restés,
tout emplis de présences
que les abeilles butinent
en faisant de grands
cercles révérencieux.

Elles connaissent le chemin
de périls et de pollens
qui conduit ici, apaisé,
à suivre du doigt
les lignes sur la nappe
dans le soir
doré comme une promesse.

Tu es là,
au bout du fil,
qui n'est plus un fil,
mais une onde,
tu navigues, tu louvoies,
nous tenons fort
la corde des passages,
le bond sur l'autre rive,
après le vertige
des torrents, des rapides,
qui nous laissaient
suffocants.

On enterra, on oublia
des rires d'enfants grimpant aux arbres
dans un reliquaire d'argile

qu'un pas heurte par hasard,
rend à leur ivresse d'oiseaux pépiant
oublieux des chasseurs.

Cela fait grand bruit dans les feuillages,
une houle puissante, qui chante,
à faire trembler
les édifices de la douleur.

L'aube ruisselle
sur les arbres, sur le jardin,
sur les vitres de la maison,
sur le sentier au loin
qui rit de son accueil.

Il n'y a plus à fuir.

Les monstres de la nuit
tendent leur échine
pour une caresse
qui ne les oublie pas
dans le travail des mains
à façonner le jour.

L'une ou l'autre
figure de femme
aura raison
peut-être
de ce qui n'est pas nous.

Qui suis-je
moi qui me glisse
entre deux songes,
le corps tailladé de chagrins,
avec cette obscure lumière
irriguant mes fibres

et cette tendresse sans nom
que le vent absorbe ?

C'est une angoisse passante
à peine effleurant le front
de sa traîne transparente où remuent

quelque bête familière,
quelque étrange route
avec son éventail,
son catalogue
de possibles venins.

C'est une angoisse passante.
Retenez vos gestes,
vous qui demeurez
sur la rive où vous regardez.

Un coup de poing
sur le béton du temps.

Entre les blocs
du monde disloqué
la vie surgit
fleur coquelicot
à la rouge parure
dépliant l'espace
des surprises,

dans sa hâte de bâtir nouvelle
demeure au désir, de creuser
nouveau sillon, nouveau sens
à l'énigme.

Nous sommes loin déjà
des terres calcinées.

Le fleuve nous porte
vers d'autres rives,
d'autres visages,
ports tranquilles,
où nous parlons

de la blancheur
qui nous enveloppa à l'aube
quand le feu était clair,

de ce qui nous cloua au pilori
car aucune histoire ne finit.

Nous déploierons autour de nous
le tissu des vastes cités,
les joies chamarrées
conservées
dans le coffre des voyages.

Homme hissé sur les berges du fleuve
aux eaux rouges courant vers les chutes,
Ulysse nu au corps ruisselant,
tu offres
mesure de toi
à mes mains consentantes,
espace de ton être
à ma maison ouverte.

Je prends tes larmes, tes doutes,
tes futures naissances,
pour en faire bouquet de fête
à notre table d'hôtes.

Que dire quand le jour
va poindre
et que la nuit n'est pas venue
avec son cortège d'ombres,

qu'elle ferraille avec le futur,
déconcerte avec sa face claire,
son tumulte d'aubes,
ses cartes de géographie
que, désinvolte, elle déplie.

Quelle est cette nuit
qui ressemble au jour,
le prépare et le pare
de rares couleurs ?

Sais-tu que rien ne préserve
ni de la mort ni de la joie,

que nous sommes toujours livrés
aux quatre vents,
crucifiés, fortifiés,
élimés, ravaudés,
traversés d'ondes passantes,

qu'au long des chemins
on perd toutes ses armes
ou bien on meurt
sous leur poids,

que notre cri sans fin
a fait alliance avec la rivière,
le feuillage, le rire des enfants,
la parole amie,

qu'il court en silence
à l'ombre des racines.

Sais-tu que je suis là
à ne rien attendre,
que le sourire de l'instant
dans le tremblement de la lumière,

sans autre défense
que la conscience
de ma peau nue ?

La maison blessée

Nous n'irons plus au bois,
la douceur est venue
nous attendre à la porte.

L'herbe courte entre les pierres
est le tapis d'enfance
où se jouait la vie
en trois coups de dés,
en un pli de cartes.

Les cartes disaient
qu'un grand fleuve
nous emporterait loin
des marais, des falaises,
vers des criques métalliques
où scintilleraient nos noms.

Les glaces nous ont pris,
des bêtes sont venues
nous arracher
à nous-mêmes.

Les cartes disaient aussi
que nous ferions feu
de tous les mots,
que se verrait de loin
la joie montée aux yeux
en flamme de ralliement.

Des êtres masqués sont venus
et tant d'autres aussi,
aux bons sourires,
que nous ne savions à qui
déchirer les masques.

Après tant de pas sur la terre,
pas perdus, pas donnés,
je suis venue de loin,
ouvrir le seuil, extraire
le sens du départ.

Les vivres emplissent les placards,
le soleil serré sous la véranda
dit que nous pouvons fermer
la maison, glisser dans l'eau
du temps en grande profondeur.

Capitaine ? Ô capitaines,
ne vous disputez pas la barre,
ne me la disputez pas
puisque vous osez
être morts.

Jouons aux dés le premier quart
de lumière que nous avons connue
au hasard, au premier prétexte,
en courant sur les routes,
après les paysages
que nous ne pouvions
clôturer de nos bras.

Les vivres, les cartes, les photos,
les modes d'emploi perdus,
emplissent les armoires.
Nous pouvons fermer les issues,
boucher les fissures avec ce papier journal
qui a tout sali, jusqu'aux blouses blanches
de farine, manger ce gâteau craquant
à la glace royale nommé conversation,
le bien nommé. En a-t-on assez consommé
près des églises, entre sacre et irrévérence ?

Le vol des pétales sous les voûtes de mai,
sur les dalles, sur les socles, pluie de bancheur
qui persiste sous les plafonds
à rejoindre les pistes lointaines
et leur flot d'eaux rouges.

Des rives, des villages aux toits
d'aluminium sont sous le pas
de l'ours dans sa danse figée
au rayon des souvenirs.

Danse, ô capitaine dernier,
au rythme de piétinement,
de la bombarde, de la harpe celtique,
la gravité traverse ton regard,
nous n'aurons plus jamais ce sentiment
de notre éternité.

Les mots ne veulent pas être
pierres crachées, ni coups de fouet
giflant les maléfices.

Juste assez de révolte
pour durer.

Lent manteau de pluie
sur la terre presque éteinte.

Les herbes folles
- les herbes sont folles
à lier, à voir s'enfoncer
plus loin que leurs racines
le fragile terreau
où croissaient les joies -
les roses, les marguerites
portent le deuil
de l'été, de promesses
à peine ouvertes,
carillonnées pourtant
en tout point de naissance.

On rappellera aux pierres
leur rage d'édifice, leur refus
de l'effleurement distrait
des outils de taille,
de la pointe à graver
sur les solives.

On remettra un peu
de sécheresse au cœur
pour que parle enfin
le noyau dur
sous les strates effritées
jusqu'à la poussière,

jusqu'au doigt
traçant le signe ultime.

Je n'ai pas vu ce soleil
qui coulait le long des vitres.
Le sang roulait dans mes soutes.

Une vie souterraine épinglait
dans les corridors protestations
de dérobades, dénis de droiture, phrases
gangrenées, mille mots, mille morts
qu'il aurait fallu passer sous silence.

Les bâches neuves suffisaient à peine
à couvrir d'oubli leurs sifflements,
leurs graffitis.

Trempées d'amidon,
elles sont tentures
pour les huttes d'errance
où la grâce surgit sans qu'elle
se désenchante,

où nul pieu n'attache
longtemps
mon regard, mon souffle.

J'aurais voulu vous parler
de la douceur,
du déploiement de l'être
sous son souffle.

J'aurais voulu vous parler
de son assentiment
moite aux détours
d'obstacles, de ses épaules
alanguies dans le soleil couchant.

Mais c'est un bric-à-brac de chocs,
d'absences, d'arrachements
s'étalant sous le gong,
qui répond, ferraille,

me défend de poser
des sourires sur les bris
entaillant mes mots.

Pourtant je me risque
auprès de vous,
mains blessées
dans les poches.

Place du Trocadéro,
aux syllabes qui sonnent et sautent
de toutes leurs voyelles,
sur les marches, sur les socles,
joyeuses

de l'infini savoir rassemblé
en ses musées,
mais les civilisations sont mortelles
dit la pierre gravée
pendant que nous croquons sur un banc
les macarons de chez Carette,

à la saveur desquels, avant la guerre,
mon père travailla, apprenti pâtissier,
rêveur de livres, épris de langues,
léger sur la plate-forme arrière de l'autobus
qui patine et s'empâte dans le temps.

Ma maison blessée
par les lézardes des rivières
prises dans les glaces.
À tes vitres s'étoilent encore
les sourires de l'été,
en présages, en énigmes
que rien n'élucide,
ni le mot aventuré,
ni le pas qui refuse
de piétiner à ton seuil.

Ma maison blessée aux
paupières de fer closes
sur d'anciens matins
carillonnant de soleils blancs,
j'avance mes mains
vers tes serrures,
sans gants de
protection, armure défaite,
dans ma chair
taraudée d'éphémère.

Ouvre tes portes,
tes pierres, aux fantômes
que j'abrite
entre fibres et peau,
dressés en leur courage,
affairés déjà
autour des feux
à préparer
boissons chaudes,
breuvages, philtres
d'inépuisable amour.

Les âmes des objets
dressés sur les meubles
nous suivent
de leurs yeux multiples,

voudraient nous retenir, dire
l'épopée qui les ont conduites
à se côtoyer
absurdement
dans leur poussière
d'histoires.

Je ne quitterai pas
la terre où je suis née,

la peuplerai d'enfants,
de jardins offerts,
de tables endimanchées,

ai-je dit un jour ancien
où la confiance s'aveuglait.

À d'autres lieux
mon corps écartelé.

À d'autres mots
le guet de l'aurore.

À d'autres voix
mon sort tressé

et l'effort chaque jour
pour hisser du puits
les rires insubmersibles.

Un peu de silence
dans le tumulte de vivre !

Reviennent les vieilles phrases
laissant debout muets
les enfants tapageurs
dans les bâtiments tristes.

Un peu de silence
s'il vous plaît,
il se peut que le soleil
jeté sur la neige
fasse entrer des figures
cherchant nos mains

où boire le temps
qui nous éparpilla
sur les routes.

L'homme sûr de son nom
n'est pas un refuge,

il oublie toutes les fibres
laissées aux barbelés qui clôturent
les parcelles de vie à traverser,
en hôte effaré,

il campe
dans son carré de raison,
humour prêt
à dégainer
des histoires
qui cachent l'erreur,

ne nous voit pas,
rabotés jusqu'à l'os,
étreignant en silence
le bouquet vivace
des mots essentiels.

À la petite fille restée là-bas
sur les talus d'enfance,
tu ne diras pas
que l'horizon des blés
cache des voiles noires,

que les chemins la faisant courir
vers les carrières de sable
s'affaissent en silence
malgré le souffle,
rendu à l'avant-dernier pas,
éternel marché de dupes
conclu avant sa naissance.

Tu ne diras pas
la maison pleine
de gens, de joies, de chaleur,
qu'on déverse d'un coup
dans la fosse commune
où vibrionnent en nuées
les mille miettes des gâteaux
dont nous avons perdu l'offrande.

Les grandes vagues du temps
qui emportent tout
lèchent de leur écume
l'ourlet des nappes
qui restent
sur les tables,
socle premier
où dansait l'enfance

entre les édifices
de sucre, les étages
des gâteaux de mariée
aux rosaces de crème,
les envolées de ciel,
les sourires
offerts à satiété
dont la faim pourtant demeure.

Délice de la glace royale,
pellicule de sucre
croisillonnée de pâte feuilletée
du gâteau rond le bien nommé
« conversation »

que je cherche parmi
les appellations et les formes
nouvelles
derrière les vitres pâtissières
où s'impatiente le cœur des villes
et s'effritent les mots.

Il suffit d'un fumet de soupe
pour que le jardin
déverse son butin
avec son jardinier rieur
au grand tablier bleu
et que s'échappent des poches
les miracles de l'été.

Il suffit d'une table dressée
pour que s'approchent les convives
avec des brassées de paroles,
pour que le chef cuisinier,
sourire aux lèvres
et toque blanche,
préside à l'abondance des plats,
terrines en gelée, pièces montées,
viandes en leur jus et joie
dans les regards.

Sous les paupières,
par tous les temps,
l'éclat durable
des festins.

Tu nommeras ceux qui t'importent,
qui, dans leur contrée de vertige,
ne s'assoient pas plus que toi
sur des bancs de nonchaloir.

Tu veilleras sur l'impatience
qui te dresse aux friables promontoires,
la porteras bras tendus
dans le hamac des heures tranquilles.

Tu diras les mots qui ouvrent les portes
des chambres où tes souvenirs sont enclos,

qui s'en iront, légers, laissant
une caresse sur ta peau.

Tu avances à pas de soie
près de la porte des armoires
où s'ankylosent les robes
que l'autrefois célèbre encore
en jaunes photographies.

Tu avances à pas de poussière
sur des marches de planches
vers de vieilles malles
où des marmottes grignotent
papiers et écritures.

Tu avances sur les sentiers à peine foulés,
ciel neuf en ce jardin
où des visages se penchent.

Tu avances,
c'est un nouvel été
qui tend ses bras frais.

C'est maintenant le temps des jeunes pousses,
du bois brut, des jours non rabotés,
des dalles de ciment frais,
des paroles à hisser aux solives.
C'est maintenant le temps de l'enfance sur son socle,
le temps de la confiance en ses bras, de la nage,
de la fertilité des eaux, des voies de conquête
et des édifices durables.

C'est maintenant le temps du souffle à reprendre
au seuil
où il s'arrêta.

Quelle histoire
au creux des paumes
cherchait-on à déchiffrer
assis sur les terrasses
de l'enfance
où l'on voyait du monde
la face claire ?

Des mots tintent
dans ma tête
alors qu'il n'y a rien
à dire, rien à dire
de ce soir sans angoisse
où chaque chose est
à sa place. Un chien
aboie là-bas dans son carré
de nuit, il accroche
ses jappements à des piquets
en bois plantés à la masse
dans une terre si lointaine
qu'ils brillent à peine
au-dessus des toits,
dans le grand champ
d'étoiles cultivé jadis,
pieds nus
dans la merveille
de vivre.

Table

DU MÊME AUTEUR

L'arbre de mémoire (Éd. La Bartavelle, 1999) - Prix Jean Follain.
De clairière en clairière (Éd. Poésie sur Seine) - Grand prix de l'édition 2002.
D'un pays sous l'écorce (Cahiers de poésie verte) - Prix Troubadours 2004.
Ils savent. Ils vont (Éd. Mairie du 9ème) - Prix Simone Landry 2004.
Obstinément l'enfance (Éd. Aspect, 2005).
Voix venues de la Terre (Éd. Jacques Brémond, 2005) - Prix de Poésie des Jardins de Talcy.
Énigme du sol et du corps (Éd. Aspect, 2007) - Prix Max Jacob 2007.
Comme si jamais personne (Éd. Aspect, 2008).
Ce sourire que le jour retient (Éd. Potentille, 2009).
L'éventail des routes (Éd. Moulin à lire, 2010).

Avec Dominique Moulin :
Étrange déchirure (Éd. Moulin à lire, 2011).

Avec Dominique Penloup :
Sentiers (Collection « Pabuscule » pour les vingt ans du Musée PAB d'Alès, 2009).
Mille étoiles (Collection « Comme si », Livre Pauvre Daniel Leuwers, 2009).

LIVRES D'ARTISTES (avec Sarah Wiame, aux Éditions Céphéides) :
De terre et d'eau (2001).
Éclats (2002).
Sédiments (2002).
Rives (2003).
Bretagne (2003).
Les Chants querelleurs (Prix Aliénor 2004).
Petit éclat de mot (2005).
Arbres en soi (2006).
Proust, un enfant ébloui (2009).
Femme de basalte (2010).

Née à Villeneuve-sur-Yonne, Danièle Corre-Blanchet a passé une partie de son enfance en Lorraine, à Pont-Saint-Vincent. Après des études de Lettres, elle s'installe en région parisienne où elle enseigne en collège et lycée. Elle y crée, pour initier ses élèves à la poésie contemporaine, un club de Poésie-Jeunesse, expérience qu'elle transmet au cours d'ateliers d'écriture poétique en régions. De sa collaboration avec Sarah Wiame sont nés plusieurs livres d'artiste aux éditions Céphéides. Elle a reçu pour ses recueils de nombreux prix. Elle est aujourd'hui Présidente du Cercle Aliénor.

CHEZ LE MÊME ÉDITEUR

René L. LOUIS : *Stances de l'intranquillité d'être*, collection FOLIUM.
Annie SALAGER : *Les dieux manquent de tout*, collection DA CAPO.
Tahar BEKRI : *Les Songes impatients*, collection DA CAPO.
Danièle CORRE : *Obstinément l'enfance*, collection FOLIUM.
Ernest PÉPIN : *Boucan de mots libres*, collection DA CAPO.
Richard ROGNET : *Le Transi*, suivi de *Je suis cet homme*, collection DA CAPO.
Revue/Anthologie : *Carnavalesques, choix de textes de langue française de poètes d'aujourd'hui*, 2006.
Danièle CORRE : *Énigme du sol et du corps* - Prix Max Jacob 2007, collection FOLIUM.
René L. LOUIS : *La colère du gisant*, collection FOLIUM.
Revue/Anthologie : *Carnavalesques 2007, revue de découverte des écritures françaises contemporaines*, 2007.
Josèphe CHIGNIER : *Cléanthie* / Κλεάνθη, collection FOLIUM Nouvelles (bilingue).
Pierre DROGI : *Encordelé, cahier de bouches et autres textes*, collection FOLIUM.
François MAUBRÉ : *La Tonnelle*, collection FOLIUM Nouvelles.
Bernard HEIDSIECK : *Publicité*, collection LE PHONOPHORE.
Danièle CORRE : *Comme si jamais personne*, collection FOLIUM.
Revue/Anthologie : *Carnavalesques 3, revue de découverte des écritures françaises contemporaines*, 2009.
Demba Assane SY : *Parcours d'un jeune Toucouleur à l'assaut de la vie - Un vieil homme se souvient*, collection FOLIUM Documents.
Annick BRETON : *L'embellie*, collection FOLIUM.
Revue/Anthologie : *Carnavalesques 4, revue de découverte des écritures françaises contemporaines - Numéro spécial Îles de l'Océan Indien*, en partenariat avec les Éditions K'A, 2010.
François MAUBRÉ : *Montagne de printemps plaies de briques*, collection FOLIUM.
Jacqueline PERSINI-PANORIAS : *Tard, je t'ai reconnue*, collection FOLIUM.
Bernard FOURNIER : *Marches III*, collection FOLIUM.
Patricia CASTEX MENIER : *Jardins publics*, collection FOLIUM.
Michel PASSELERGUE : *Lontana in sonno*, collection FOLIUM.

ÉDITIONS ASPECT

ASPECT est le nom de l'Association pour la
Promotion des Ecritures Contemporaines

Siège : ***60, rue du Cardinal Mathieu, 54000 Nancy***
Courrier postal : ***71, rue Étienne Olry, 54170 Allain***
Courriel : ***editions.aspect@gmail.com***
BLOG : ***http ://nancy.aspect.editions.over-blog.com***

Impression Apache Color S.A.R.L.
à Nancy, juin 2012.
Dépôt légal : juin 2012.
Numéro d'imprimeur : R.C. Nancy B331 579 631.

ISBN 978-2-917081-15-0 / Imprimé en France.